U0944650

[日] 小林清之介/文 [日] 高桥清/图 王维幸/译

8

吉尔达河畔的浣熊

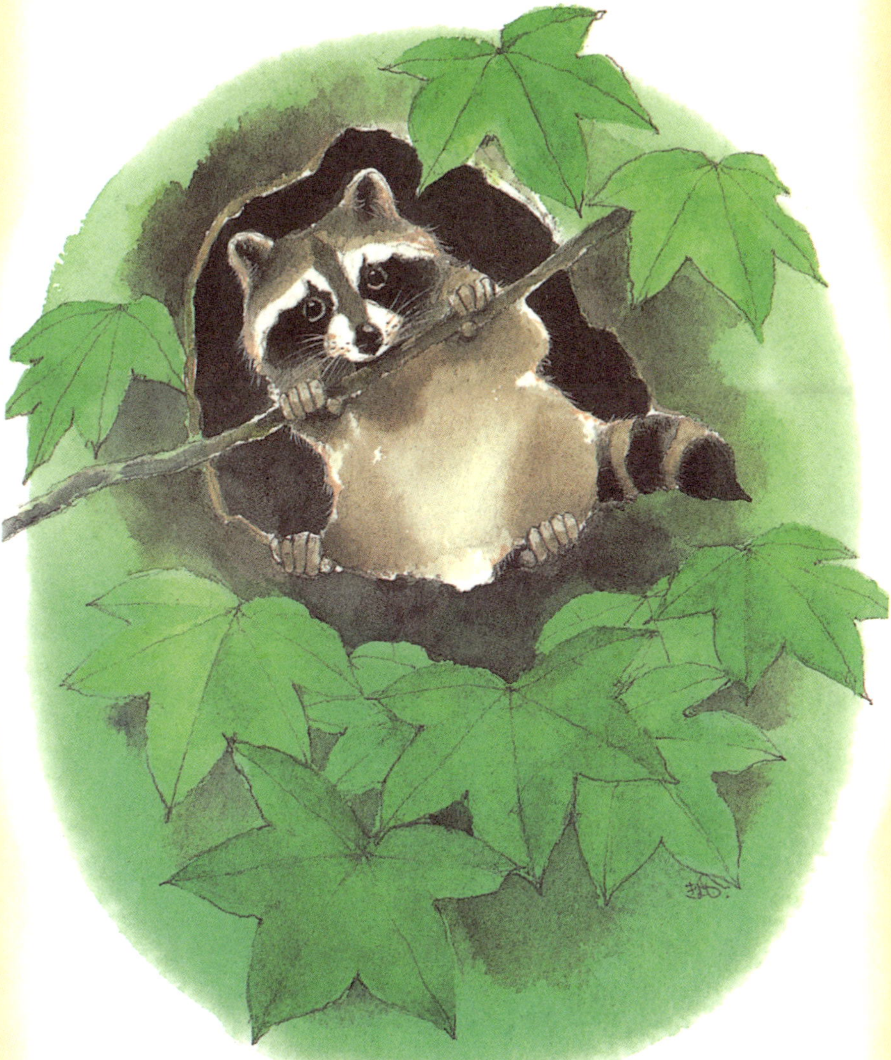

前 言

在北美，有一个名叫西顿的大叔，他非常喜欢动物。

他常常观察动物，还写了很多动物故事，除了狼、狗熊和鹿以外，还有许多其他的动物。

他的故事不仅生动有趣，还活灵活现地描绘了动物们的生活状态。

用水洗干净再吃

浣熊的家在河边的一棵大枫树上。说是家，可不像人类的家那样，它只是树干上的一个洞。

洞里就是浣熊的家。

虽然入口很窄，里面却很宽敞，很干燥。浣熊一家就生活在这个树洞里。

“浣熊是熊的同类吗？”

不，不是的。它比日本的狸要大一些，是一种非常可爱的动物。

浣熊一家的成员有爸爸、妈妈、还有五个孩子。孩子们才出生两个月，都还是小不点儿呢。

不过，只要生活在这么高的枫树上，就一定是安全的，因为任何动物都无法轻易爬上来。

由于是在河边，吃喝都不用愁。是妈妈第一个发现了这个超级棒的家。

动物的妈妈天生就会找房子。

今晚是入夏以来的第一个晴夜。皎洁的圆月照着四方。

小浣熊们被爸爸妈妈带到了河边。今晚是它们出生以来第一次学习觅食方法。

“喂，都看好了，得这样弄。”

浣熊妈妈把前腿伸进水里，搅着淤泥。孩子们也学着搅起来。

它们中有一个叫卫·阿奇亚的小浣熊。为什么叫这么一个名字呢？大家以后就会明白的。

现在，大家只要记住它叫卫·阿奇亚就行了。

在兄弟姐妹中，它个头儿最大，而且最调皮。

它特别爱动，一刻都闲不住。

“啊，食物！”

卫·阿奇亚的前爪碰到了一个软乎乎的东西。它一把抓住，扔进嘴里。

“哇，难吃死了。呸、呸。”

它连忙吐出来。它抓的是一只蝌蚪，可是，它连泥巴都塞进嘴里了。

妈妈把在沙滩上乱蹦乱跳的蝌蚪重新抓起来，用水洗干净。

“喂，快吃吧。这样就好吃了。”

卫·阿奇亚把蝌蚪咬碎，一口咽了下去。

啊，原来这么好吃啊！

就这样，卫·阿奇亚懂得了“食物要用水洗干净后才能吃”的道理。

每个浣熊都会这样做，所以才叫“浣熊”。

“浣”，就是“洗”的意思啊。

沙滩上有一个扁平的双壳东西，硬邦邦的，闻上去很香。

“好，看你往哪儿跑。”

卫·阿奇亚用手一抓，“嘎巴”一声，双壳一下合了起来，紧紧夹住了卫·阿奇亚的手指。

“啊，疼！救命啊！”

浣熊妈妈跑过来一看，原来，夹住卫·阿奇亚手指的是一种大河蚌，名字叫“褶纹冠蚌”。

浣熊妈妈“嘎嘣嘎嘣”地咬着蚌壳的缝口，帮阿奇亚脱险。

卫·阿奇亚捏起贝壳肉，用水洗净后嚼起来。

看，它学聪明了吧。

“啪！”被夹住了

浣熊爸爸在稍远处竖着耳朵，小心地闻着风中的气味。

“不好。猎人带着猎犬来了。大家快撤！”

浣熊妈妈赶紧把孩子们叫到一起，把它们赶到枫树上。

只有卫·阿奇亚不听话。

“觅食这么好玩儿，我才不回去呢。就不回去。”

它正要撒娇，却被妈妈“啪”地打了一下屁股。

浣熊一家爬上枫树后，立刻钻进了安全的树洞。

过了一会儿，果然被爸爸说中了。一群猎人跑了过来，牵着好几只猎犬，手里还拿着可怕的猎枪。

浣熊们在树洞里大气都不敢出。浣熊的毛皮很值钱，一旦被猎犬闻出来可就糟了。

幸运的是，附近的地上留着狐狸的脚印。

猎犬们使劲儿抽着鼻子到处嗅着，开始追踪起狐狸来。

猎人们也从后面追过来，跑向别处。好险啊！

可是，没过几天，卫·阿奇亚就把这个危险夜晚给忘了，而且忘得一干二净。

今晚它们一家又出来觅食了。卫·阿奇亚捉了一只很大的小龙虾，美餐了一顿。

“我已经会独自觅食了。妈妈也真是的，老把我看得紧紧的，不让我走远。我才不听呢。我非要走得远一点儿看看。”

浣熊妈妈喊卫·阿奇亚，它装作听不见。它不断往河上游走去。河水流过来的方向叫作河上游。

咦？水里怎么散发着一股气味啊。让爸爸妈妈总是害怕的那种气味，人类的气味。

“可是，哪儿有人啊？我才不怕呢。”

为了防止意外，它试着用前腿搅了搅散发气味的地方。

这时，只听“啪”的一声，卫·阿奇亚的一只前腿忽然被一个坚硬的铁夹子夹住了！

它拼命挣扎，可是不管用。夹子死死地夹着它的前腿。

这是印第安猎人皮特当天中午支的夹子。支夹子的时候，人类的气味就会沾在上面，消失不了。

“喂——”

卫·阿奇亚用浣熊的语言呼唤妈妈。“救命啊！”

可是，由于它往上游走得太远了，浣熊妈妈根本听不到。

在被夹子夹住的一瞬间，卫·阿奇亚的前腿被使劲一拽，结果掉进了水里。半夜的河水好凉啊！

天亮的时候，印第安人皮特来了。

“本来是想捉麝鼠的，没想到逮住一只浣熊。也好。卖给别人算了。”

麝鼠肉是印第安人非常喜欢的食物。浣熊虽然不能吃，不过也能卖钱。

活蹦乱跳的卫·阿奇亚现在早被冻坏了，连咬皮特的力气都没有了。皮特抓住卫·阿奇亚的脖子，把它扔进了外套的大兜里。

沾满果酱

皮特来到老朋友皮哥特的房子前，从兜里抓起卫·阿奇亚。

“瞧，我有一只小浣熊。”

他拎起卫·阿奇亚，给皮哥特家的女孩看。

“喂，快过来抱抱吧！”

在房前玩耍的小孩中，数这个女孩的年龄大。

卫·阿奇亚被冻得直哆嗦。所以，当被女孩抱在温暖的怀里后，它高兴地把身体蜷了起来。

样子可爱极了。

爸爸皮哥特正好过来，女孩就缠着皮哥特说：

“求你了，爸爸，把这个浣熊买给我吧。”

“嗯，好吧！”

就这样，卫·阿奇亚就在皮哥特家住了下来。其实，卫·阿奇亚这个名字就是印第安人皮特当时给它取的。

过了五六天，卫·阿奇亚休息过来了，恢复了从前的活泼好动。

虽然没有兄弟姐妹，可是人类的小朋友却成了它的玩伴。

当它想吃东西的时候，人类就会给它面包和点心，还喂它牛奶，还有好多好吃的东西。

卫·阿奇亚就像小狗、小猫一样，渐渐适应了人类家里的生活。

孩子们喜欢浣熊，兜里总装着喂浣熊的点心。卫·阿奇亚肚子一饿，就会爬到孩子们的衣服上要吃的。

由于成了习惯，它只要看到人就会爬到对方身上，翻看人家的衣兜。

冷不丁让它这么一爬，不明情况的客人都不知有多惊讶呢。

在枫树上生活的时候，卫·阿奇亚就是个让人头疼的捣蛋鬼。现在，它的老毛病又开始犯了。

故事发生在某一天。

“啊，糟了！这可怎么办。”

当皮哥特太太去食物储藏室时，忽然被吓得跑了出来。

卫·阿奇亚简直变成了一个果酱熊。

它正在不停地捣乱。把装杏酱的好几个罐子全打翻了，把果酱弄得满地都是。

可是它还不知道自己惹了多大的祸，还高兴地要往皮哥特太太的肩膀上爬，结果被她用扫帚打了一顿。

还有一次，它钻进鸡窝，把十多个鸡蛋全给糟蹋了。

有的给喝掉了，有的让它扔了。当时的鸡蛋可比现在珍贵多了。

可是，一看到卫·阿奇亚那张萌萌的脸，谁也发不出火来了。

可是，这种日子永远都会有吗？

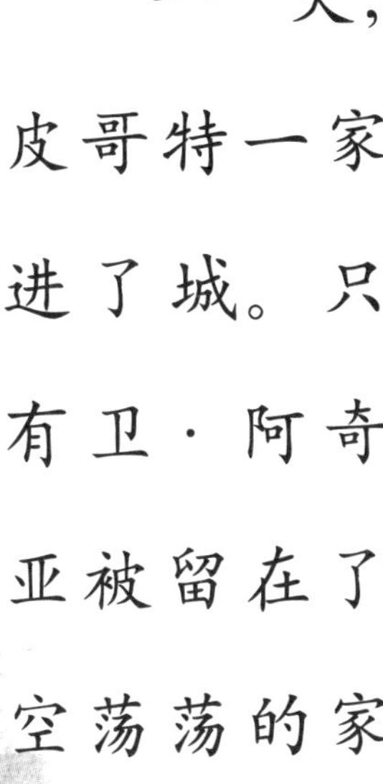

一天，皮哥特一家进了城。只有卫·阿奇亚被留在了空荡荡的家里……

数不清的脚印

桌子上有一个墨水瓶。卫·阿奇亚打开盖子，弄倒一看，咦，里面竟然淌出一些蓝黑色的墨水。

它把两只前脚伸进去，再走几步，地上立刻印满了细长的脚印。

“咦咦，真好玩。”

卫·阿奇亚很满意。

于是桌子上、书本上也印满了脚印。

不过卫·阿奇亚还不过瘾，哇，接下来可有热闹瞧喽。墙上、窗户上、窗帘上、孩子们的西服上，还有床上，全都印上了脚印。

五六个小时后，人们回到家里。啊，糟了！屋里、屋外全都是浣熊的脚印，就像被上百只浣熊在家里乱跑过一样。

“太过分了。我已经忍无可忍！”

连一向喜欢动物的皮哥特都大发雷霆。他立刻把皮特叫来。

“这样的捣蛋鬼我们家不需要。我受够了。还给你，你快把它弄走！”

卖给别人的东西又白白地还了回来，再也没有这么划算的事了。

皮特高兴地把卫·阿奇亚装进袋子，背在肩上回去了。

如果是平常，皮哥特太太和孩子们肯定会阻拦的。可是，他们今天却怎么也说不出口了。

因为太太引以为荣的床全被弄黑了，孩子们的衣服上也全都是脚印……

大家只能默默地目送着小浣熊被皮特背走。

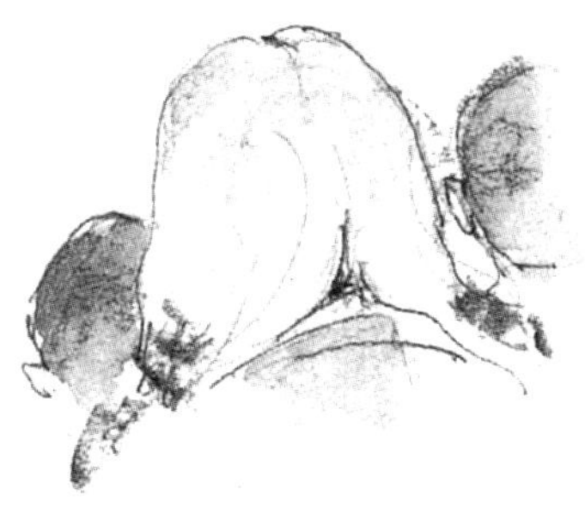

有主意了！

皮特回家后，把卫·阿奇亚扔进了木笼子。

“嗯，该怎么处置这个小家伙呢？”

皮特想了半天，忽然把手一拍。

“对了，有主意了！”

浣熊的毛皮很值钱。可是没人只卖一只两只的。

皮特打好了如意算盘。

皮特家养着一只狗。一只经过训练的猎犬，专门用来捕捉野兽和鸟类的。

“瞧，追那家伙！”

他把卫·阿奇亚从笼子里赶出来，让狗追赶。狗看到对方是一只小浣熊，十分兴奋。

它立刻像狮子一样，扑向卫·阿奇亚，勇猛地追起来。啊，危险！

皮特把狗链子攥在手里，猛地一拽，狗这才没咬到卫·阿奇亚。

难道是皮特可怜起浣熊来了？

怎么会呢。他才没这么善良呢。

他只是觉得杀死卫·阿奇亚还有点儿早。他只是想让狗练习追浣熊，逼浣熊而已。

他训练了好几次。只有一次让狗咬到了卫·阿奇亚。因为皮特拽晚了链子。

狗叼着卫·阿奇亚的脖子摇起来。

啊，糟了！

不过，不用太担心。浣熊脖子上的皮又硬又厚。只是被叼着摇几下还没事的。

对这种训练最吃惊的要数卫·阿奇亚了。

因为皮哥特家的狗都很善良，它们一直处得很友好。

可皮特的狗却一见面就凶恶地扑上来。

卫·阿奇亚也生气了。它瞅准机会，朝狗的腿“啊呜”就是一口。

“咦？这浣熊还挺凶的。”

皮特连忙把狗拽回去。

皮特的阴谋

第二天，同样的情形仍在继续。通过这种训练，卫·阿奇亚得到了一个经验：

“只要逃进木笼的小箱子里就安全了。因为人类拽着狗链子，不让狗钻进去。”

狗也很生气，仿佛在想：

“那家伙，每次都是差一点儿就被咬住。这么个小不点儿还敢朝我吼，还咬我。你神气什么啊！”

第三天傍晚，皮特最重要的训练终于开始了。

皮特背上装着卫·阿奇亚的袋子，带上狗，手拿猎枪来到附近的森林。

来到森林后，他把狗紧紧地拴在了树上。是因为他可怜卫·阿奇亚吗？不，才不会呢。皮特可不会这么想。

他本来就是个狡猾的坏人。

皮特把袋子倒过来，把卫·阿奇亚丢在地上。

冷不丁从黑袋子里被放到开阔地方，卫·阿奇亚的眼睛有点儿花。可是，再仔细一看，旁边不正是那个坏心眼的人吗？

卫·阿奇亚忽然张开嘴，朝皮特扑去。

“哦，危险！好凶啊！”

皮特边笑边逃。被拴起来的狗却像着了火一样，叫得特别凶。

卫·阿奇亚打量一下四周。狗被拴着，人也没有要抓自己的意思。自己现在完全是自由的。

不能犹豫。它一掉头，飞一般地朝森林深处跑去。

皮特会让卫·阿奇亚逃掉吗？不，他才没这么好心呢。

皮特的想法是这样的：

“待会儿再放开狗。狗看不见浣熊的影子，肯定会沿着留在地上的脚印气味去追。训练猎犬，最重要的就是让狗记住气味。接下来的工作才最重要呢。”

皮特得意地一笑。

“狗发现浣熊后会紧追不舍。浣熊缺心眼儿，肯定会爬到附近最低的树上去。

“然后我就追过去。狗会朝着树上的浣熊狂叫的，然后立刻就能知道它藏到哪儿了。

“然后呢，我就‘砰’的一枪，用猎枪把浣熊打下来。”

皮特的计划就是这么阴险。所以他才反复训练，让狗追浣熊，把浣熊赶到矮树上去。

3分钟的拖延

皮特来到拴狗的地方。由于被皮特拴了起来，还放走了浣熊，狗都快气疯了。

狗把链子拽得紧绷绷的，恨不得立刻就能跑起来。狗把链子拉得太紧了，皮特怎么也解不开。

“不懂事的傻瓜，你给我老实点儿。”

皮特怒斥着狗。可他越是想松链子，狗就拉得越紧。

皮特按住狗，让狗没法动，这才终于解开了链子。光解链子就花了三分多钟。

狗在浣熊的身后一路猛追。皮特也跟着跑起来。

不久，狗就闻出了浣熊留在地上的气味。它得意地跳起来，每跳一次还“汪汪”地叫上一声。

由于跑得太快，一不留神，竟然跑到了气味前头。狗只好返回原处，费了好大劲儿，终于再次闻出了气味。

不久，狗呼唤皮特的声音传来。

“浣熊这家伙，一定是爬到一棵又嫩又矮的树上了。”

皮特一边跑，一边重复着刚才的想法。

“完了！那家伙怎么爬到那样一棵大树上去了！”

是狗猛拽链子的那3分钟拯救了卫·阿奇亚。

它并没有爬到附近的矮树上，而是爬到了一棵大树上，跟自己小时候生活过的枫树一样大。这棵树又高又粗，大概是这个森林里最高的一棵树了吧。

皮特拿出猎枪想瞄准它。

可是，卫·阿奇亚却“哧溜”一下，钻进了树上的一个大洞里。

“混蛋，居然让你给逃了。”

皮特气得踢了树一脚。树很高，人类根本爬不上去。

天渐渐黑了。卫·阿奇亚在黑暗中看到人类和狗在下面直打转。

“到这儿后它就安全了。唉，真倒霉。”皮特叹了口气，懊恼地牵着狗离开了森林。

是幸运的“3分钟”和小时候学会的本领拯救了卫·阿奇亚。

回家的卫·阿奇亚

不久，森林里完全黑了下来，四周一片寂静。

卫·阿奇亚从树洞里爬出来，慢慢地从树上下来，来到地上。它拼命地跑啊跑，连捡东西吃都忘记了，朝着久违的吉尔达河一直跑下去。

由于卫·阿奇亚被人类饲养了好几个月，所以在这段时间里，它已经彻底长大了。如果是人类的小孩的话，说不定都认不出来了。

可是，兽类是靠气味来分辨对方的。

“哼哼，啊，这肯定是我儿子。”

开始时，浣熊爸爸和浣熊妈妈还不敢相信，可闻了气味后，一下就知道它是卫·阿奇亚。

想死我们了！它们亲密地把鼻尖凑过来。

被人类捉住的时候，卫·阿奇亚还只是个孩子，一个谁都拿它没辙的淘气包。

可是现在不同了。卫·阿奇亚经历了千辛万苦后，已经完全长成了一只聪明勇敢的浣熊。

不久后，聪明的卫·阿奇亚就找到一个新娘，在吉尔达河畔快活地生活着。

西顿与浣熊

《吉尔达河畔的浣熊》收录在西顿56岁时出版的《野生动物的生存方式》(1916年)一书中。西顿认为这个故事是一个“借用了故事形式的浣熊生态记录”。

也就是说，他是把浣熊的生活状态一一观察后写成的一个故事。下面便介绍一个证据。

西顿在加拿大的一条小河边散步时，发现了一种脚印，貌似人类手脚的形状，还有五根脚趾。“哈哈。这一带很可能有浣熊的窝。”

浣熊的窝都是有规律的，必定是在大树上，上面还得有一个大洞。于是，西顿就认真地查找起来，看看哪棵树符合这些特征。后来，他

终于在一棵树上发现了几根浣熊毛。

肯定就在这棵树上。不过，西顿很谨慎，他把小河边上的浣熊脚印全给清除了。大概是用铁锹或板片之类认真清除的吧。

浣熊是一种昼伏夜出的动物。于是，第二天早晨西顿又去查看。有，果然有浣熊。不只是成年浣熊，还有一些小浣熊的脚印。脚印多次从树上下来，到小河里捕青蛙。浣熊很小心，很少会让人看到自己的身影。不过，西顿却从这次的调查成果中收获了喜悦，仿佛与浣熊成了好朋友一样。

《吉尔达河畔的浣熊》的夜间生活是根据实地调查，然后又添加了一些想象写成的。

浣熊把墨水涂到脚上把整个房子都印上脚印的事件有两个。一个发生在西顿一个朋友的公寓里。结果朋友被房主勒令“立刻把这动物带走”，他于是只好把浣熊带到办公室，西顿当时正好在场，见到了浣熊。

在皮哥特家的生活大半也是真的。不同之处是，那只浣熊后来被送到了纽约动物园，并未还给皮特。

浣熊与其同类

西顿在《吉尔达河畔的浣熊》的前言部分写了一段既非随笔亦非诗歌的文字：神创造的诸多动物中有一种叫熊。可是，熊作为动物有点儿太大了。于是，神就又创造了鹿，可是，鹿有一个缺点，如果下雪立刻就会暴露，并且还是一种软弱无力的动物。于是，神就又创造出了狼，可是，狼的性情太凶残，贪吃肉。以上三种动物都很难作为“森林的精灵”。于是神就继续进行各种尝试，有一天，一种新的小动物终于在神的作坊里亮相了。这就是眼睛周围带着黑眼罩的浣熊。这种动物具有能够做森林精灵的所有特质，生活在高树的树洞里，夜

晚在寂静的森林里散步。浣熊是善良的人们的喜爱之物。假如愚蠢的政治家们推行错误的政策，把空心的树木和里面的居民（浣熊）全都消灭的话，那将是我们国土的一大损失。

西顿热衷于自然保护运动，曾致力于创设包括浣熊在内的禁猎区和野生动物保护区。这已经是距今 80 年的事了。

浣熊在北美地区有 7 种。跟北海道的虾夷狸和日本本土的本土狸略有不同。虽然广泛分布在从加拿大至美洲中部地区的浣熊最为人知，不过，在从哥斯达黎加南部到巴拿马、南美洲北部的广大地区还分布着另一种浣熊，名字叫“食蟹浣熊”。

虽然浣熊跟日本的狸（犬科）十分近似，可实际上它本身就是浣熊科，介于熊与犬之间。

西顿所担心的事情后来还是发生了，大片森林遭到砍伐，浣熊只好住进了狐狸的洞穴或是农户的储藏室，不得不学会灵活变通的生活方式。

浣熊如果被饲养在动物园里，连饼干都要先用水洗过后再吃。有人认为，这是在模仿野生时代洗食物的习性，解决欲望无法得到满足的问题。

小林清之介

小林清之介

1920年生于东京，曾在动物学者岛春雄、昆虫学者石井悌等人的指导下饲养并观察野鸟、昆虫及其他小动物，多年来致力于动物资料的收集活动。

1962年以后开始作家生涯，不仅为成人撰写动物随笔、动物启蒙说明，还专为儿童撰写了不少有趣的动物故事，近年来在俳句方面的著述也颇丰。

主要著述有：面向成人的《麻雀的四季》（全集日本动物志2）（讲谈社）、《季语深耕·鸟》《季语深耕·虫》（角川书店）、《日本的小动物志——昆虫与野鸟》（每日新闻社）、《动物五百句》（明治书院），面向儿童的《日本昆虫记》全五卷（翌桧书房）、《野鸟的四季》（第23届小学馆文学奖）（小峰书店）、《法布尔（传记）》（行政）等书。

高桥清

少年时期即对昆虫和花草感兴趣，成年后从事油画创作，同时活跃于动植物与昆虫相关的绘本和插图领域。

著有《法布尔昆虫记（全10卷）》的插图等数种（翌桧书房），绘本方面则有《道旁的四季》等数种（福音馆书店），另外，还在各出版社从事昆虫、植物等自然生态类的插图、图鉴的创作。

参加过“行动美术协会会员（油画）壳奖展”“安井奖展”等画展。日本理科美术协会会员。

图书在版编目（CIP）数据
吉尔达河畔的浣熊/（日）小林清之介文；（日）高桥清图；王维幸译.--北京：中国人口出版社，2017.11
（西顿动物记）

ISBN 978-7-5101-4686-2

Ⅰ.①吉… Ⅱ.①小…②高…③王… Ⅲ.①儿童故事－图画故事－日本－现代 Ⅳ.①I313.85

中国版本图书馆CIP数据核字（2016）第231452号

西顿动物记

吉尔达河畔的浣熊

出版发行　中国人口出版社
社　　长　邱　立
责任编辑　张文超
特约编辑　魏亚西
印　　刷　北京中科印刷有限公司
书　　号　978-7-5101-4686-2
开　　本　787mm×1092mm　1/16
印　　张　6
字　　数　40千字
版　　次　2017年11月第1版
印　　次　2017年11月第1次印刷
网　　址　www.rkcbs.net
电子邮箱　rkcbs@126.com
总编室电话　(010)83519392
电　　话　(010)83534662
传　　真　(010)83518190
地　　址　北京市西城区广安门南街80号中加大厦
邮　　编　100054
定　　价　35.80元

西顿动物记
1
狼王洛波

西顿动物记
2
塔拉克山的熊王

西顿动物记
3
松鼠旗尾的冒险

西顿动物记
4
银狐的故事

西顿动物记
5
麻雀兰迪

西顿动物记
6
猎熊犬比利

西顿动物记
7
少年与猞猁

西顿动物记
8
吉尔达河畔的浣熊

西顿动物记
9
豁耳兔

西顿动物记
10
战斗的野猪

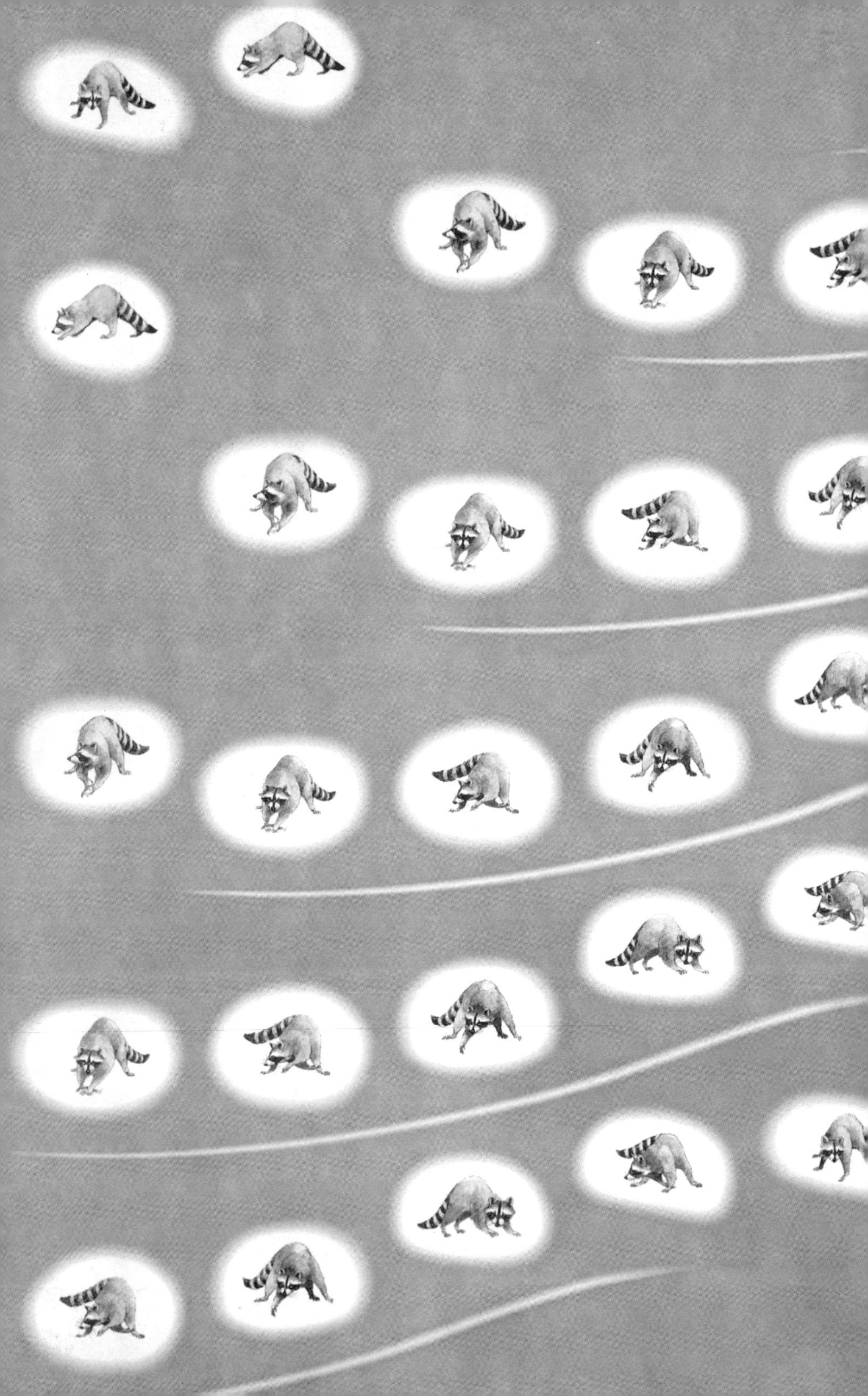